KB264730

레인북

초판 1쇄 인쇄 2008년 5월 20일
초판 1쇄 발행 2008년 5월 25일
글 그림 박근용
기획 카툰피아
펴낸곳 거북이북스
펴낸이 강인선
등록 2005년 5월 23일 제 313-2005-001108호
주소 420-120 경기도 부천시 원미구
춘의동 202번지 춘의테크노파크Ⅱ 202동 1409호
전화 032.623.8585
팩스 032.623.8586
거북이북스 홈페이지 www.gobook2.com
카툰피아 홈페이지 www.cartoonpia.co.kr

편집 팀장 김영진 ㅣ 김재현
디자인 윤효정 ㅣ 김정희
기획마케팅 과장 김경진
경영지원실 대리 권가혜
출력 지에스테크
인쇄 전광인쇄정보(주)

ISBN 978-89-92479-32-5 03810
책값은 뒤표지에 있습니다.

이 도서는 한국문화콘텐츠진흥원의 2007년 기획창작만화
제작지원사업에 선정되어 제작되었습니다.

(주)거북이북스는 세계 최고의 만화전문출판사를 꿈꿉니다.

레인북

글과 그림 박근용

거북이북스

목차

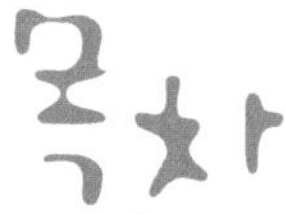

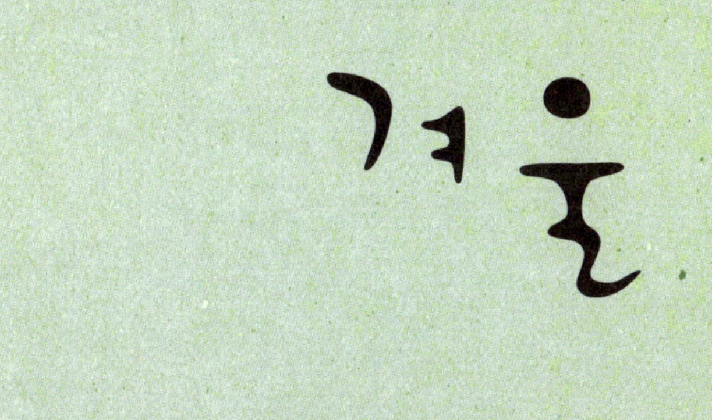
겨울

눈만 내리면….

자꾸만 생각나.

에이…

쓸데없이…

툭,
주물럭
주물럭

눈사람을
만들기 시작했다.

겨울

다 됐다!

겨울

눈사람.
한 잔 마셔봐.

좋지?

이제
가 봐야겠어.

안녕…

겨울

……

그렇게 기억만이 남겨졌다.

그리고 그 기억은 씨앗이 되어
이곳에 심어졌다.

민들레

봄이 왔다.

산들바람에….

꿈틀 꿈틀… 스윽 스윽
겨울잠 자던 내 안의 내가 깨어났다.

산들, 산들바람은…
마음을 간지럽힌다.
설레게 한다.

이제 무성해지기 시작해서
마음도 커져간다.

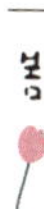

다 자란 마음을 '후욱~' 불어
바람에 날려 보냈다.

윽!
뭐지?
?
....

사랑해요

장난
인가?

어디서 날아 온 거지?

사랑해요

마음을 접어 날려 보낸
봄의 메시지는
봄이 끝날 쯤이면
당신에게 도착한다.

EN

여름

여름이 왔다.

뚝
!

비
어쩌면 전에 보냈던
안부의 답신 중
한 형태일지도 모른다.

그것을 알아듣지 못한 사람들은
서둘러 어디론가 비를 피한다.

나는 비를 듣는다.
비로부터
전에 느껴 보지 못한
사랑이나 아늑함 같은
감정을 발견했다.

순간

음악이 멈추었다.

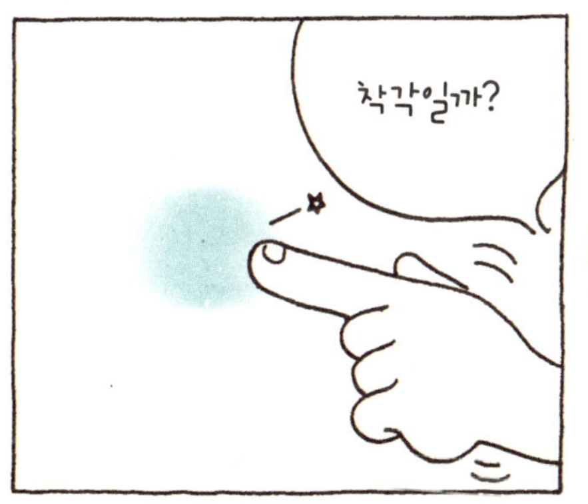

r a i n b o o k

어린 시절의 감성과 환상들을
내 안에서 다시 불러낸 듯한
이상한 기분은

낯설지만 지금까지 만나왔던
익숙함 같은 것이어서

우리는 약속이라도 한 듯
말없이 걸었다.

툭.
토독.
툭.
툭.
토독

슈
욱

비는 여행….

p
pizz.
mf con

비는 음악이다.

서서히 연주는 그쳤다.

여름

투 둑

투 둑

아무도 모르게
내리는 비.

투두둑

잠시 세상이 정지하는
짧은 순간에
일어난 일이었다.

EN

가을

언제나 똑같은 풍경 같지만
기분에 따라 느낌은 달라진다.

오전과 오후, 밤마다
달라지는 공기의 느낌처럼
만나는 사람마다
공산의 느낌은 달라진다.

77
가을

어떤 어색함은 나쁘지 않다.

저 사람….
어딘가 낯설지만
익숙해….
저 사람도 여기에
앉으려 했나 보네….

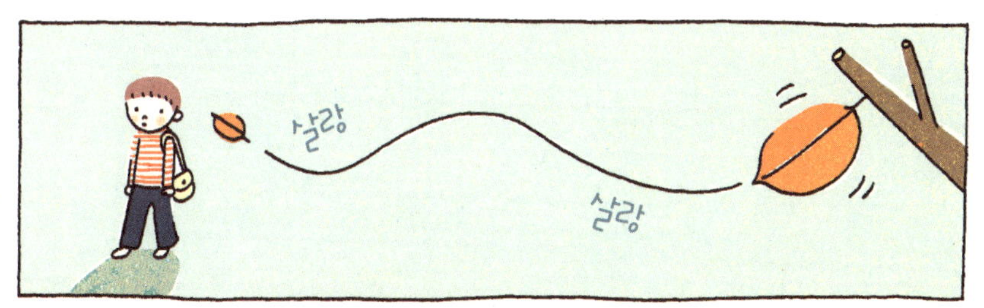
살랑
살랑

휘이잉

거기 서!

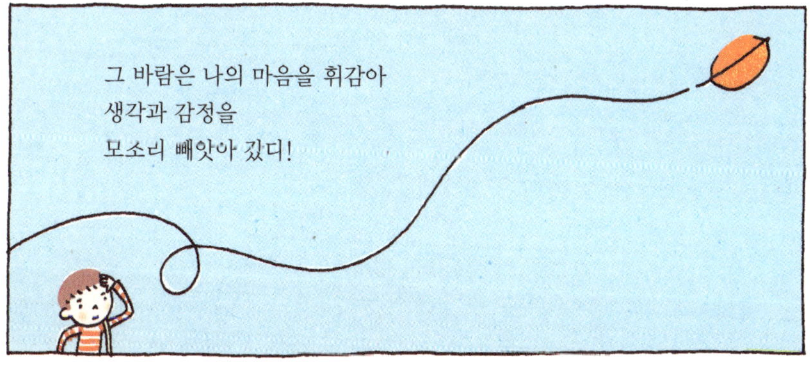
그 바람은 나의 마음을 휘감아
생각과 감정을
모조리 빼앗아 갔다!

살
랑
살
랑

저기… 실례합니다.
괜찮으시다면
옆에 앉아도 될까요?

화들짝!

네?

축제는 시작됐다.

EN 

작은 이야기

구름소녀

기분 좋은 꿈을 꾸면 가랑비가 되어 세상을 촉촉하게 합니다.

슬픈 일이 있을 때는 며칠씩 비가 내려 홍수가 나기도 해요.

슬픔이 모두 내리면 구름은 사라지게 되는데
구름소녀는 하늘 어딘가에서 영원한 잠을 자게 된답니다.

END.

5월 맑은 하늘

작은 이야기

곰돌이 아저씨

밤 열두 시에만 탈 수 있는
버스를 타기 위해….
쟤깍
쟤깍
12
9
3
6

매일 밤 열두 시
버스를 기다린다.
BUS

부웅

끼익

안녕
하세요?
네, 안녕
하세요.
부릉 부릉

한참을 밤하늘 가르며 달리면
종착역에 도착한다.

언제나 나를
안락하게 꿈 속까지
안내해 주는
곰돌이 아저씨.

밤하늘 엿보기

새벽에 밤하늘을 보고 있는데…
밤하늘에 구멍 하나 뚫려 있는걸 발견했다.
다음날, 그 다음날에도…
구멍은 점점 늘어만 갔다.
그런데…

구멍을 통해 엿보고 있는 눈과 마주쳤다.

그도 놀랐는지 눈을 피했다.

그 이후로 더 이상 마주치는 일은 없었다.
나중에야 그 눈의 정체는
누군가 나를 생각하며 밤하늘을
엿보던 것이었음을 알았다.
지금 내가 그를 생각하며
밤하늘을 엿보는 것처럼…

END.

EN 

네가 있기 때문에
나도 있는 거야.

이상한 세계로 가 보는 거야.

어항 바라보기

내 눈이 물고기 같지 않아?

사슴의 뿔

너의 뿔은 뭔가 달라 보이는걸?

목도리

날이 추워졌어. 목도리 출동~. 아이 따뜻해.

쉿! 조용히 해. 독서하는 데 집중해야 하거든 .

안녕. 오늘도 반가워.
꼬리가 길어서 좋은 점이 하나 더 늘었지.

우리들만의 인사법

고양이의 변신

내 모습이 밀림의 왕자와 닮았는걸~. 괜찮은 깃 같아.

네가 이걸 명물이 나서 있는 거야.

바다거북

아름다운 푸른색의 무늬가 있는 등딱지.
바다의 향기가 날 것 같아.

밝아오는 하루 오늘도 힘차게! 아자!

네가 있기 때문에 나도 있는 거야.

우리집 욕실에는
바다의 향기가 난다~.

사과 향기

우리 만남은 운명적이 아닐까 생각해. 그치?

사랑의 우유

나는 단순히 우유만
제공하는 것이 아니야, 사랑으로
건강을 제공한다구…

일 년에 한 번 다시 찾아온 여름아~ 반갑다~.

깊은 밤. 나의 노력이 아름다운 집을 만들 수 있는 비결이지.

내가 아직 집을 다 짓지 못했거든.

거미 소녀 이야기 2

구름과 낙엽이 주렁주렁~. 가을이 열린 집에서 독서 중이야.

네가 있기 때문에 나도 있는 거야. 우리 모두 더불어 사는 세상.

와! 봄이 왔나 봐~. 바다 위에도 꽃이 피었네?

121

네가 있기 때문에 나도 있는거야.

EN 

꿈을 덮고 자는 거야.

까만 밤

밤의 무게는 얼마나 될까? 생각해 본 적 있어? 어두운 무게에 졸리운가봐.

별가방, 달가방

별가방, 달가방 안에는 뭐가 있을까요?

아, 배고프다.

꿈으로 떠나는 거야.

등대

언제나 나를 바르게 이끌어 주는 불빛

전화

여보세요? 여기는 지구예요. 들리나요?

꿈에도 널 잡는 거야.

좋아하는 사람이 생기면 그 사람의 모습이라든지
사소한 것까지 하나 하나 닮아간대~.

꿈 이불

그냥 이불이 아니야. 꿈을 덮고 자는 거야.

잠 못 이루는 너를 위해 준비했지….

보름달

보름달아, 내 소원은 말이야….

오늘 밤은 왜지 기분 좋은 꿈을 꿀 것 같아~.

푸른 빛 새벽

깊은 잠에 빠지면
어느새 오늘과 내일 사이를 잇는 다리를 건너고 있지요.

새로운 문을 처음 들어설 때의 설레임, 앞으로의 탐험이 좋아.

꿈이란 별과 같은 거야.

EN

그래, 그냥 걸어 보는 것도 괜찮은 방법이야.

가을 독서

가을이 속삭이던 푸른 날에….

나의 화분

뭘 가꾸어 보는 것도 도전해 볼 만하지.

내 발가락들은 하나같이 개성있단 말야~,

그래, 그냥 걍 보는 김에 관찮은 방법이야.

가을 산책

맑은 하늘. 오늘의 산책 친구는 누구야?

아침에 일어났을 때 밤새 내린 눈으로 온통 하얗게 바뀐 세상은 정말 놀라워.

그래, 그냥 걸어 보는 것도 괜찮은 방법이야.

메리 크리스마스

밤이 오면, 산타 할아버지는 우리 선물을 잊지 않으실 거야.

오늘은 하늘 청소하는 날. 손님 맞을 준비 중이야.

그래, 그냥 걸어 보는 걸로 괜찮은 방법이야.

발레리나

와! 봄을 맞이한 발레리나들의 공연이 시작되었군요.

기분이 좋지 않다면 그냥 걸어 보는 것도 괜찮은 방법이야.

그래, 그냥 걸어 보는 것도 괜찮은 방법이야.

슬픈 사랑

슬프지만, 우리의 사랑은 이루어질 수 없어.

아, 바다의 소리가 들리는 것 같아.

그래, 그냥 겪어 보는 것도 괜찮은 방법이야.

가을역

이번 역은 가을, 가을역입니다.

그래, 그냥 걸어 보는 것도 괜찮은 방법이야.

나는 누굴까? 흥미로운 여행 중 하나는 자신 바라보기.

내 얼굴이 왜 빨개졌는지 알아? 감기 걸려서 그래. 감기 조심!

떼려야 뗄 수 없는 관계란 저런 걸까?

그래, 그냥 겪어 보는 것도 괜찮은 방법이야.

뜨거운 포옹

녹아도 좋아~♥ 우리 포옹할까요.

안녕~ 눈이 내리는 날에 또 만나자~.

그래, 그냥 걸어 보는 것도 괜찮은 방법이야.

가을 한 잔

파란 하늘 한 스푼, 구름 두 스푼에 바람을 담은 가을 한 잔.

으헤헤, 내 솜씨 어때?

다이빙

이번 여행은 여기까지….아이스크림같은 구름 속으로 풍~!

END

메마른 감성에 내리는 촉촉한 단비, 레인북

그, 그녀를 만나다

레인북은 박근용의 생애 첫 개인 작품집이다. 그동안 그의 작업들은 카툰 전시회를 통해서나 그의 홈페이지에서 밖에 만날 수가 없었다. 고정적인 연재 지면 없이도 자신의 작품집을 위해 꾸준히 작업해온 덕에 작년 한국문화콘텐츠진흥원의 지원을 받아 그의 작품들이 한 권의 책으로 묶이게 되었고 박근용의 작품에 대해 많은 이들과 함께 공감할 수 있게 된 것이 참으로 행복하다. 조용하고 차분한 작가의 성향처럼 레인북은 봄 햇살처럼 따스하고 봄비처럼 촉촉하다.

겨울부터 봄, 여름, 가을 그리고 다시 겨울까지 이어지는 긴 호흡의 이야기는 누구나 가슴 깊이 간직하고 있는 첫사랑의 아련한 추억을 떠오르게 한다. 작가 내면의 모습을 그대로 담은 '그'와 '그녀'를 통해 박근용은 차분하고 아름답게 그들의 이야기를 들려 준다. 작품의 배경은 공원이라는 일상의 공간과 계절이라는 보편적 시간의 흐름 속에서 이루어지고 있다. 그러한 일상의 시공간 속에서 자연스럽게 이어지는 몽환적이고 초현실적인 이야기 전개는 현실과 환상의 경계를 넘나드는 작가의 탁월한 상상력을 엿보게 한다.

레인북이라는 책의 제목에서 보여지듯 각 계절은 비를 상징하는 듯하다. 눈 내린 어느 겨울 '눈사람'과의 짧은 만남 후에 느껴지는 쓸쓸한 고독감은 추위를 느끼게 하는 찬비와 닮아있다. 따스한 봄날 종이비행기가 건네는 작은 메시지는 다시 찾아올 사랑을 예감케 하는 단비와 같다. 그런 의미에서 여름은 레인북의 하이라이트라 할 수 있을 것이다. 갑자기 퍼부었다 그치는 소나기처럼 '그녀'는 짧은 순간 빗속에서 '그'와의 환상적인 랑데부를 하게 된다. 작가는 '그'와 '그녀'가 비구름 위의 산책로에서 하늘고래를 만나고 무지개다리 위에서 함께 세레나데를 듣는 장면을 통해 사랑이 주는 환희와 기쁨을 더할 나위 없이 아름답게 표현해 주고 있다. 공원에 나타난 '그녀'가 현실에 존재했던 것인지 아니면 여름의 이 모든 이야기가 '그'의 판타지였는지의 해석은 각자의 몫으로 남겨 두고 싶다. 우리는 누구나 아름다운 결말을 꿈꾼다. 사랑하는 사람과의 재회는 언제나 감동의 순간을 선사한다. 세상의 모든 '그' 와 '그녀' 는 '그들' 과 같은 운명적인 만남이 이루어지고 그들의 사랑이 영원하길 바라며 살고 있는지도 모른다. '그' 와 '그녀' 는 같은 공간 아래서 같은 계절을 보내고 있었지만 같은 추억을 남기지는 못했다. 어느 눈부신 가을날, 이제 '그' 와 '그녀' 는 모든 것을 함께 나눌 것이다. 화려하게 눈꽃 핀 겨울나무와 눈사람, 눈부시게 아름다운 벚꽃나무 그리고 한여름의 소나기와 하늘고래마저도….

내 마음 속 풍경

　　박근용의 카툰을 처음 볼 때는 그저 파스텔 톤의 예쁜 일러스트로 보이기도 한다. 하지만 잠시 가만히 들여다보고 있으면 그 작은 한 칸 속에 작가의 내면에 담긴 무수한 상상의 풍경들이 펼쳐져 있음을 알 수 있다. 그는 소소한 오브제조차 무심코 넘어가지 않는다. 그는 관찰자이자 몽상가이다. 초현실주의 작가 르네 마그리트의 작품을 오마주한 그의 작품이 보여 주듯 그는 존재하는 현실의 공간 속 오브제와 상상 속 초현실적 오브제를 병치시키며 두 존재의 경계를 허물어 버린다. '네가 있기 때문에 나도 있는 거야' 에서는 평범한 동물에 대한 일반적 시선을 전복시킨다. 사슴의 아름다운 뿔은 높은음자리표로, 거북의 딱딱한 등은 고래를 품은 넓은 바다로 표현한다. 사물을 단순히 재현하는 것이 아니라 그만의 상상력을 통해 새롭게 재창조 하고 있는 것이다. 그의 초현실주의적 시각은 일상 속 사물들을 결코 정지된 하나의 의미로 평범하게 놓아두지 않는다. '그래, 그냥 걸어 보는 것도 괜찮은 방법이야' 를 보자. 가을나무에 낙엽들과 함께 걸려 있는 책들과 화분에서 자라는 눈사람, 초승달이 전해주는 크리스마스 선물들은 모두 현실에서는 불가능한 그의 마음속 풍경들인 것이다.

　　한 권의 책을 통해 사람들이 작가를 알게 되고 그의 작품을 보며 생각하고 그런 생각을 함께한 사람들이 교류할 때 작가는 한 단계 올라서게 된다. 보편적 지식과 관념이 아닌 작가의 시선과 눈을 맞추며 레인북을 바라본다면 우리가 살고 있는 이 복잡한 세상이 조금은 여유롭고 때로는 아름답게 보일지도 모른다. 메마른 나의 감성에 촉촉이 내린 레인북을 많은 분들과 함께 맞고 싶다.

조희윤 | 만화기획자·카툰피아 대표

　　카투니스트 박근용은 일러스트레이션 공부를 하다가 카툰을 시작한 작가이다. 살짝 기하학적 이미지에다 파스텔 톤으로 심플하게 표현한 박근용의 카툰은 어디에서나 쉽게 알아볼 수 있어 편안하면서 즐겁다. 그리고 그의 카툰 입문 계기에서 보듯이 박근용 카툰의 표현 기법은 디자인 감각을 가미시킴으로써 카툰이란 장르의 보편적 이미지를 깨뜨리며 카툰의 완성도를 한 단계 높이는 가능성을 보여 주었다.

　　그의 작품에서 나타나는 독특한 이미지는 다양한 과거 작업 경험과 무관하지 않다. 어린이를 위한 시인의 동화에 일러스트 작업을 하고, 2003년 하계 유니버시아드 대회 기념우표 디자인을 했다. 그리고 관심을 가지고 있는 디지털 카툰으로 Sicaf에서 디지털 카툰전을 가졌다.

　　박근용의 한 칸 카툰은 따뜻한 감성으로 아름다운 휴식을 주는 서정성을 지키려 노력했다. 그러나 생존하기 척박한 풍토에 밀려, 한 칸 카툰에서 벗어나 짧은 이야기로 풀어서 녹이는 작품에 도전 하는 변신에 기대와 함께 안타까움을 느낀다. 그러나 박근용의 표현대로 '즉물적이며 즉흥적이어서 좋은 한 칸' 이든, 카툰 애호가들의 이해를 돕기 위한 서사적인 여러 칸이든, 그가 카툰들이 작가 특유의 상징과 유머가 담긴 유연함은 변색되지 않고 독자들이 변함없이 찾는 작품들로 발전하기를 기대한다. 그래서 이 시대 소시민들이 좋아하고 위안으로 삼는 따뜻한 웃음의 '박근용표 카툰' 으로 인정받아 메시지 전달에 파괴력이 엄청난 제3의 언어로서 카툰이 우리 사회를 아름답게 만드는 데 일조를 하리라 믿는다.

　　박근용은 은둔 취향의 조용한 카투니스트다. 그러나 '시각 상징어' 인 카툰이 세계인끼리 통하는 소통의 한 형태가 되고 있는 시대이다. 디자인적 경향이 강하고 명확한 이미지와 메시지가 뚜렷한 그의 작품이 독자와 활발하게 소통해 큰 호응을 얻기를 바란다. 박근용의 영향으로 카투니스트가 구성한 그림책이 발간되고 디지털 미디어에서도 카툰이 각광을 받는, 카투니스트들의 르네상스를 기다린다.

(재)부천만화정보센터 이사장 · 한국카툰협회 회장

작가의 글

　"혼자서 하는 작업인데 혼자 시간이 없다면 글을 쓸 수가 없잖아요. 외로운 시간이 없으면 글을 쓸 수가 없어요." 고 박경리 선생의 말이다. 외롭다는 말을 좋아하지 않아 뱉어 본 적이 없는데, 지긋지긋한 그 외로움이 그동안 혼자 참고 견디며 작업을 할 수 있게 한 힘이 아니었을까…. 일이 안 되거나 사람이 그리울 땐 동네 카페와 패스트푸드 식당, 도서관에서 작업하기도 했다.

　이 그림 이야기는 2003년에 처음으로 마음속에 품기 시작한 것이다. 몇몇 출판사의 문을 두드렸지만, 모두 상업성이 없다는 이유로 거절당하고 아무도 볼 수 없는 곳에 버려져 한동안 잊고 있었다. 그러다 〈소년한국일보〉에 연재되었던 카툰을 통해 운 좋게도 출판 기회를 얻어내며 '봄', '여름', '가을', '겨울'은 다시 수면 위로 나오기 위한 준비를 할 수 있게 되었다. 그렇지만 오랫동안 끊어졌던 5년 전의 감성을 이어 다시 작업하기는 쉽지 않았다. 5개월 동안은 어디서부터 시작해야 할지 몰라 방황하며 보냈고 마감 5개월을 남기고서야 겨우 방향을 잡아 다시 고치고 다듬고 그렸다.

　나중에 다시 펼쳐 보면서 '아 이건 이런 거구나!' 하고 다른 해석을 할 수 있는 즐거운 책이 될 수 있기를 바라며… 하늘을 바다를 꽃들을 보면서 모두가 다른 느낌을 가지듯 생각의 여지가 끼어들 수 있는 그림을 그려 내고 싶었다. 사랑을 판타지로 표현한 것은 모든 생명과 세상이 기적처럼 보이기 때문이다. 봄, 여름, 가을, 겨울 모두 다르지만 조화롭고 어울리는 것이 대단하다고 생각한다. 지난 봄과 지금의 봄은 다르고 다음의 봄은 또 다르지만 화음처럼 끝없이 자연스럽게 이어간다. 같은 나이지만 어제의 나와 지금의 나는 다르고 미래의 나는 다른 것처럼….

　그동안 마음속에 꿍꿍 앓던 것을 빼어내서 홀가분하다. 부족한 작가를 알아봐 주고 든든한 지원군이 되어 주신 카툰피아의 조희윤 대표님, 좋은 책을 만들어 주신 거북이북스 가족 분들께 감사의 마음을 전한다. 영감을 준 꽃을 사랑하는 H, 어려울 때 옆에서 조언을 아끼지 않으신 신명환 작가님에게도 고마움을 표하고 싶다. 특히 끝까지 응원해 주시고 믿어 주신 부모님께 가장 먼저 기쁨을 전해 드리고 싶다.

2008년 초여름 신촌 작업실에서

박근용

<table>
<tr><td>카툰연재</td><td>엠파스만화 디지털카툰 연재 (2004)</td></tr>
<tr><td></td><td>소년한국일보 '내 마음의 그림수첩' 연재 (2005 ~ 2006)</td></tr>
</table>

<table>
<tr><td>Cartoon Book</td><td>굿모닝디지털 굿모닝카툰 (공저) (황매)</td></tr>
<tr><td></td><td>마이 라이프 마이 웰빙 (공저) (황매)</td></tr>
<tr><td></td><td>별별생각 (공저) (반디출판사)</td></tr>
</table>

<table>
<tr><td>수상</td><td>8회 서울국제만화전 입상 | 1998</td></tr>
<tr><td></td><td>에로틱 일러스트 & 캐릭터 공모전 금상 | 1999</td></tr>
<tr><td></td><td>국제 SOKI 일러스트 특선 | 2000</td></tr>
<tr><td></td><td>Apple "Think Different" Contest 입상 | 2000</td></tr>
<tr><td></td><td>쌈넷 플래시 뮤직비디오 우수상 | 2001</td></tr>
<tr><td></td><td>2003 세계우표디자인 콘테스트 대상 | 2002</td></tr>
<tr><td></td><td>제2회 대한민국 창작만화 공모전 카툰부문 장려상 | 2004</td></tr>
<tr><td></td><td>동아LG국제만화페스티벌 카툰부문 장려상 | 2005</td></tr>
</table>

<table>
<tr><td>전시</td><td>2007.2 FunFun한 만화전 | 김해 문화의전당 윤슬 미술관</td></tr>
<tr><td></td><td>2006.8 동아LG만화페스티벌 한국만화전 | 일민 미술관</td></tr>
<tr><td></td><td>2005.11 만화의 날 기념 기획전 만화생활백서 만화의 발견전 | 공평아트센터</td></tr>
<tr><td></td><td>2005.8 동아LG만화페스티벌 유쾌한 상상전 | 일민 미술관</td></tr>
<tr><td></td><td>2005.4 만화 온라인 모험기 | 한국만화박물관</td></tr>
<tr><td></td><td>2004.8 SICAF 2004 서울 국제 만화 애니메이션 페스티벌 디지털 카툰전 | 코엑스</td></tr>
<tr><td></td><td>2004.1 굿모닝디지털굿모닝카툰 디지털 카툰전 ver1.5 | 일주아트하우스</td></tr>
<tr><td></td><td>2003.8 SICAF 2003 서울 국제 만화 애니메이션 페스티벌 디지털 카툰전 | 코엑스</td></tr>
<tr><td></td><td>2003.5 또 다른 시각의 표현전 | 서울애니메이션센터</td></tr>
<tr><td></td><td>2003.1 비오는날봄길걷기 Illust티셔츠전 2인전 | 맥갤러리</td></tr>
</table>

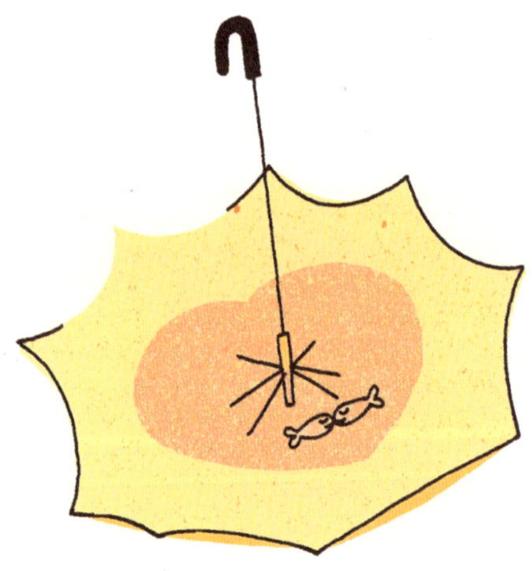

작가 홈페이지 www.rainbook.net
카툰피아 홈페이지 www.cartoonpia.co.kr
거북이북스 홈페이지 www.gobook2.com